AF285882

Mikiko Takahashi

Der Hund Poko-Chin und sein kleines Mädchen

Eine kurze (wahre) Tiergeschichte aus Japan

Alle Rechte liegen bei der Autorin
Herstellung: Books on Demand GmbH
ISBN 3-8311-2710-7

Prolog

Dies ist die wahre Geschichte eines Hundes, der sogar über den Tod hinaus so treu für seine kleine Besitzerin geblieben ist. Sein kleines Mädchen bedeutete ihm alles. Nach endgültiger Trennung von seinem kleinen Mädchen dauerte es ganze 23 Jahre bis seine Seele sie wieder gefunden hat.

Sein kleines Mädchen von damals entschloss sich, über den für sie treuesten Hund der Welt ein Buch zu schreiben und somit sein Andenken für immer aufzubewahren. Sie musste es einfach tun; sie musste aus der Seele eines Hundes schreiben. So entstand dieses Buch:

„Der Hund Poko – Chin und sein kleines Mädchen".

Der Hund Poko-Chin und sein kleines Mädchen

Im nördlichen Teil des Landes Japan, auf der Insel Hokkaido:

Es begann alles an einem kalten Wintertag, als ein kleines Mädchen mich in den Wintermantel steckte und schweigend den langen großen Hügel hinaufging. Sie warf den Blick auf die Reisfelder. Es fing an sanft zu schneien. Der eiskalte Wind verhinderte, dass ich aus dem Wintermantel hinausgucken konnte. Ich lebte bis dahin mit meinen Eltern und zwei Geschwistern auf einem Bauernhof. Ich war ein kleiner Welpe.

Dieses kleine Mädchen veränderte den Rest meines Lebens. Glück, Trauer, Freude, Schönes und Böses, alles erlebte ich mit ihr. Sie hatte lange schwarze Zöpfe, eine Stupsnase und dunkle Augen. Ich wusste, dass wir uns liebhaben würden.

Mein kleines Mädchen und ich waren in der Natur besonders glücklich. Wir empfanden so große Freude, wie sich möglicherweise kein Mensch vorstellen konnte. Dazu gehörten Wind und Licht, Himmel und Wolken, Mond und Sterne, Regentropfen und Schneeflöckchen und so weiter. Alle vier Jahreszeiten waren für uns schön. Ich war stolz, dass wir dabei fast immer zusammen waren. Ich verstand auch sehr viel von der Menschensprache. Mein kleines Mädchen konnte meinen Gesichtsausdruck ablesen, so wie mir zumute war.

Im Frühjahr gingen wir auf saftige, zarte grüne Wiesen und bewunderten die zahlreichen unbekannten Blumen, die uns betörenden Duft spendeten. Die Farbe der Blumen war hinreißend.

Mein kleines Mädchen machte uns schöne Blumenkränze aus Löwenzahn. Allerdings fielen diese immer wieder von meinem Kopf schnell runter. Mein Fell war so gelb voller Blütenstaub, dass ich manchmal niesen musste. Plötzlich erzählten die Wolken uns Geschichten und bildeten lustige Figuren, wie zum Beispiel Tiere. Bäume flüsterten uns aus fein zitternden Blättern. Das Wasser im kleinen Bach glitzerte einladend und sehr lebendig. Das war unser Glück.

Alle Lebewesen

Mein kleines Mädchen sammelte einige Kaulquappen, die ich in einem kleinen Eimer nach Hause trug. Großmutters Einmachglas diente als Kinderstube für die Kaulquappen. Als sich allmählich die Hinterschenkel entwickelten, sagte ihre Großmutter: „Jetzt musst du alle werdenden Frösche wieder in den Bach zurückbringen, alle Lebewesen sind in ihrer Welt glücklicher als in Gefangenschaft ". Mein kleines Mädchen nickte. Aber dafür brachte Sie kleine Fische nach Hause, die im Glas so lange schwimmen mussten, bis die Großmutter ihr wieder predigte. Manchmal bot ich meinem kleinen Mädchen mein Spiel an. An einem Seil ziehen und sehen, wer stärker ist. Es gab nur den ersten und zweiten Gewinner. Wir haben uns mit Bonbons gefeiert. Ihre Hosentaschen waren etwas Wunderbares, denn sie holte eine Mundharmonika heraus und spielte Kinderlieder. Der Klang war nicht immer schön für meine Ohren. Unterwegs nach Hause gingen wir an einem Tante-Emma-Laden vorbei. Mein kleines Mädchen steckte ihre kleine Hand in die Hosentasche und holte ein paar Münzen heraus. Sie fragte mich „Herr Poko-Chin, was möchten Sie haben? Sie können entweder vier große Bonbons oder zwei Kugeln Eis haben ". Ich antwortete aus großer Freude „Wuff,Wuff " und wedelte heftig mit meinem schönen buschigen Schwanz. Wir kauften süßes

Eis für uns. Als wir endlich zufrieden nach Hause kamen, dämmerte es bereits. Ich dachte es war ein schöner Tag.

Manchmal regnete es tagelang. Mein kleines Mädchen fertigte aus Papier ein Kugelmännchen. Das hing sie an ein Fenster. Ein altes Kinderspiel. Es soll helfen, dass die Sonne wieder scheint. Ich sah mein kleines Mädchen eher mitleidig an und höflichkeitshalber wedelte mein Schwanz ein paar mal hin und her.

Ein kleines Geschenk von einer Bäuerin

Mein kleines Mädchen wollte unbedingt die neugeborenen Schweinchen im Stall sehen. Also machten wir uns auf den Weg zum nächsten Bauernhof im Dorf. Mein kleines Mädchen fand alle Schweinchen so putzig und lebendig. Dabei kämpften sie um die Muttermilch. Eines davon war besonders klein und schwächer als die anderen. Die Bäuerin erklärte, dass das Mutterschwein mehr Ferkel gebar als sie Milchzitzen hat. So ein Baby bekommt viel zu wenig Milch zum Trinken. Mein kleines Mädchen fragte die Bäuerin: „Was wird mit dem Kleinen passieren?" Die Bäuerin antwortete: „Entweder kann es sich nicht richtig entwickeln, oder im schlimmsten Fall stirbt es". „O armes Ding, ich könnte es füttern – oder!?", sagte mein kleines Mädchen und machte ein trauriges, entsetztes Gesicht. Die Bäuerin überlegte kurz und sagte: „Möchtest du es haben?" Die Begeisterung meines kleinen Mädchens war groß und überzeugend. "Dann nimm es mit, das ist ein Weibchen". Schon hatte mein kleines Mädchen das kleine winzige Schweinchen in ihren Armen. Sie bedankte sich dafür höflich bei der Bäuerin. Die Bäuerin lächelte freundlich. Ich sah mein kleines Mädchen mit dem Schweinchen sehr misstrauisch an, denn diesmal waren es keine Kaulquappen oder Fische die sie nach Hause trug. Unterwegs nach Hause erklärte sie mir, Schweine fressen alles was wir essen. Später stellte ich aber fest, dass Schweine auch alles fressen, was ich *nicht* fressen konnte. Wir kamen endlich nach Hause. Erst zeigte mein kleines Mädchen stolz das Schweinchen zu ihrer Großmutter. Diese schrie laut „um Gottes willen, woher hast du das Schwein, wo hast du das gefunden?" Bald standen alle Familienmitglieder um uns herum. Erst gaben alle laute Töne von sich wie „o mein Gott, ach, du meine Güte, o je". Die große Aufregung unter den Familienmitgliedern dauerte aber zu meiner großen Erstaunung nicht lange. Alle guckten sich gegenseitig an und fingen an zu lachen und sich köstlich zu amüsieren. Ihre Mutter sagte „typisch meine Tochter, nun erzähle uns, warum wir ein Schweinchen mitten im Wohnzimmer sehen. Was ist geschehen?" Das zuerst ganz ängstlich aussehende Mädchen erzählte etwas erleichtert: „Das ist ein Geschenk von einer Bäuerin. Das ist ein Weibchen und braucht einen Mädchennamen. Keine Sorge, ich habe schon einen für sie". Ihre Mutter seufzte und sagte „es ist schön, wenigstens ein Problem weniger". Anschließend sagte sie zu mir: „Poko-Chin, konntest du nicht verhindern, was meine Tochter so anstellt" und streichelte meinen Kopf mitleidig. Beim Abendessen sprachen alle nur über das Ereignis des Tages. Drei Tage später hatte das kleine Schweinchen Haná, das heißt Blume, eine eigene Bleibe neben Großmutters fünf Hühnern. Dort sah es recht gemütlich aus. Es war sauberes Heu da und Gitter waren angebracht. Haná war aber so klein, dass sie durch diese Gitter mühelos hin und her durchschlüpfen konnte. Für

Großmutters fünf Hühner war das alles nicht lustig. Sie flogen wirr durch die Gegend und landeten auf der Stange, auf der sie nachts schliefen. Mein kleines Mädchen brachte oft einen ganzen Liter Milch von der Küche und Haná fraß laut schmatzend alle Leckereien weg. Ich war immer sehr erstaunt, wenn Haná etwas zum Fressen bekam. Es sah so aus, als ob sie eine Woche nicht gefressen hätte. Manchmal durfte Haná mit uns draußen spazieren gehen. Haná folgte meinem kleinen Mädchen wie ein Hund nach. Ich dachte, das macht sie nur weil sie keine anderen Schweine gesehen hat. Auch wusste ich nicht, dass ein Schwein mit seinem winzigen Schwanz wedeln kann. Haná wuchs ohne Nahrungskonkurrenz gut heran und wurde riesig. Eines Tages sagte Großmutter: „ Haná ist zu groß geworden. Wir müssen sie verkaufen". Ein Fleischer kam und begutachtete Haná. Er willigte ein, Haná sofort mit-zunehmen. Nun wusste ich, dass sich mein kleines Mädchen dies nicht gefallen lassen würde, wenn sie von der Schule zurückkommt. Ich versuchte den Fleischer durch lautes Bellen zu vertreiben, gegebenenfalls hätte ich sogar sein Bein gebissen. Ich musste alles was zu meinem kleinen Mädchen gehörte, verteidigen. Ich wur-de schließlich im Wohnzimmer eingesperrt. Ich sprang hoch und bellte weiter. Ich sah wie Haná mit dem Wagen wegtransportiert wurde, obwohl sich Haná quie-kend dagegen wehrte. Es war ein sehr trauriger Tag für mein kleines Mädchen. Ihre Mutter erzählte, dass Haná schwer krank geworden wäre, dass sie eingeschläfert werden musste. Ein Fachmann hätte dafür gesorgt.„Aber Haná war so lieb. Sie zupfte immer mein Kleid". „ Ja ich weiß" erwiderte ihre Mutter. Sie fand kein weiteres Wort zum Lügen. Sie sah bei meinem kleinen Mädchen stille Tränen herunterlaufen. Niemand hatte damit gerechnet, dass mein kleines Mädchen so reagieren würde. Ich saß ruhig neben ihr, sie streichelte mein Fell schweigend. Mein kleines Mädchen war zu tiefst traurig. Niemand wagte über das Schwein Haná in ihrer Gegenwart zu sprechen. Aber wahrscheinlich war es besser so, dass sie die Wahrheit nicht wusste. Die Wahrheit hätte sie noch trauriger gemacht, sogar Schuldgefühle geweckt. Ja, das war das Schweinchen „Haná", das meinem kleinen Mädchen kurze Freude und tiefe Trauer gebracht hatte. Es dauerte lange bis sie Haná vergessen konnte. Sie aß lange danach kein Schweinefleisch mehr. Alle mussten deutlich merken, dass Haná für sie mehr als ein Schwein gewesen war.

Der Hundefänger

Einmal im Jahr kam ein Wagen mit zwei Männern im Dorf an. Sie hatten eine Schlinge aus Draht und einen Maulkorb dabei. Es waren Hundefänger, die verwilderte Hunde einfangen sollten. In meinem Dorf gab es aber keine verwilderten Hunde. An diesem Tag mussten alle Hunde an der Leine festgebunden werden. Hunde, die nicht an die Leine gebunden waren, betrachteten sie als Herrenlose. Im Dorf kannten wir uns alle, wer wem gehörte, wer wo wohnte. Hunde konnten sich überall im Dorf frei bewegen. Wir waren nicht aggressiv, denn wir hatten keinen Grund dafür. Mein kleines Mädchen sagte zu mir „nur heute musst du es tun". An meinem Halsband hing eine lange Leine, die ich sehr hasste. Ich war auch den ganzen Tag traurig. Nur der Gedanke daran machte mich krank. Einige Male wurde ich zum Spazierengehen geführt, wozu ich keine große Lust hatte. Ich hielt wenigstens einen Teil von der Leine in meinem Maul fest, so dass niemand an meinem Hals ziehen konnte. Ich wollte die Richtung bestimmen, wohin wir gehen. Manchmal wollte mein kleines Mädchen aber anderswo gehen. Diesen Gefallen tat ich ihr nicht. Wir haben uns gegenseitig an der Leine gezogen. Später wurde daraus das Spiel „Seil ziehen". Ich legte diese gehasste Leine vor mein kleines Mädchen und forderte sie zum Spielen auf. Dieses Spiel beobachtete ein Schullehrer. Als mein kleines Mädchen die Schule verließ um die höhere Schule zu besuchen, schrieb der Lehrer darüber in ihr Abschiedsheft: „ Als ob der Hund ihr bester Freund wäre". Das war ich. Ganz bestimmt.

Mein erster Ausflug ans Meer

An einem heißen Sommertag machten zwei benachbarte Familien einen Ausflug ans Meer. Sie hatten eine Pferdekutsche organisiert. Es wurde viel zum Essen und Trinken mitgenommen, auch Holz für das Lagerfeuer. Alle drei Generationen saßen eng zusammen. Selbstverständlich waren der Nachbarhund und ich dabei. Das Meer war ganz anders als die Bäche und Flüsse, wo mein kleines Mädchen Holzstöcke warf, die ich zurück holte. Aber auch im Meer glitzerten viele kleine Wellen unter der Sonne. Der Geruch des Meeres war angenehm, teilweise beruhigend und auch befreiend. Ihr Bruder wollte meinem kleinen Mädchen Schwimmen beibringen. Nach einer kurzen Anweisung sprang mein kleines Mädchen mutig ins Wasser. Ihr Kopf war weder über dem Wasser, noch ihre Beine waren auf dem Meeresboden. Gespannt beobachteten wir, wo sie blieb. Meine Sorge um sie war so groß, dass ich laut bellte. Ihr Bruder tauchte ein und holte sie aus dem Wasser. Mein kleines Mädchen meinte, dass ich es gut habe. Alle Hunde können gut schwimmen. Mein kleines Mädchen lernte niemals schwimmen in ihrem Leben.

Eine Sandburg

Nach dem misslungenen Schwimmunterricht schaufelte mein kleines Mädchen eine Sandburg. Stolz drückten wir unseren Hand- und Pfotenabdruck auf die Sandburg. Auf einmal kam ein fremder Junge auf uns zu, um unsere Sandburg zu zerstören. Ich bellte um den Jungen zu vertreiben. Der Junge rannte weinend zu seinen Eltern: "Der böse Hund wollte mich beißen". Mein kleines Mädchen verteidigte uns beide und ihre Mutter entschuldigte sich peinlich. Mein kleines Mädchen erzählte mir, dass der Junge auf unsere wunderschöne Burg neidisch sei. Ich wedelte nur mit meinem buschigen Schwanz langsam hin und her. Ob die Burg so schön war? Wir gingen am Strand entlang, sammelten viele Muscheln und ungewöhnlich geformte Steine. Mein kleines Mädchen sang ein altes Kinderlied: „Das Meer ist groß und weit, ich möchte einmal ein fremdes Land sehen, ein Schiff auf das Meer schwimmen lassen und ich möchte ein fremdes Land sehen". Ich spürte deutlich, dass mein kleines Mädchen glücklich war. Ich war stolz dabei zu sein. Damals ahnte ich nicht, dass das Meer uns eines Tages wirklich trennen würde. Der Ausflug ans Meer war für uns alle unvergesslich schön gewiesen.

Die Hauskatze „Jomo"

Im gleichen Haus wohnte eine Hauskatze, namens „Jomo". Ein getigertes Weibchen. Sie war als Katze sehr intelligent. Schnell hatte sie gelernt, dass sie mir nicht fauchend drohen sollte. Sie wurde sonst von allen Menschen im Haus geschimpft. Sie machte bald einen Umweg um mich. Mir war es recht. Jomo war aber auch sehr eigenartig. Zum Beispiel, als die Mutter meines kleinen Mädchens ihr gesagt hatte „du darfst die Fische auf dem Tisch nicht fressen, bis ich zurückkomme". Jomo folgte dem Befehl und beobachtete die Fische mal mit schmalen Schlitzaugen, mal nur seitlich, solange bis die Mutter wieder zurückkam. Als Belohnung bekam sie einen dieser Fische, den sie genüsslich vor meinen Augen fraß. Sie brachte auch öfter eine tote Maus ins Haus, legte sie den Menschen vor die Füße. Sie wurde dafür gelobt. Mein kleines Mädchen meinte, das sei Katzenaufgabe. Ich dachte es könnte stimmen. Im Frühjahr war Jomo plötzlich verschwunden. Wir sahen sie nirgendwo. Alle machten sich Sorgen um sie. Drei, vier Tage später, halb verhungert, tauchte Jomo wieder im Haus auf, aber nur für kurze Zeit. Hastig fraß sie ihr Futter auf und verschwand wieder. Es ging mehrere Wochen so weiter. An einem warmen Nachmittag hörten wir draußen Menschen lachen. Jomo war unterwegs nach Hause mit ihren acht neugeborenen Kätzchen. Sie brachte alle ihre Kätzchen in einem Bauernhof zur Welt. Sie überquerten murmelnd die Straße buchstäblich im Gänsemarsch. Sie achtete dabei, dass alle Kätzchen ihr folgten. Nun sagte Großmutter „wir können nicht alle acht Kätzchen im Haus behalten". Mein kleines Mädchen fertigte einen handgeschriebenen Zettel und verteilte diesen überall: „Süße Kätzchen zu verschenken, stammen von einer sehr intelligenten Katzenmutter". Alle amüsierten sich über ihr Schreiben. Bis auf ein Kätzchen waren alle von verschiedenen Familien adoptiert worden. Kurz danach an einem frühen Morgen lag ein kleiner Pappkarton vor der Tür, drinnen ein kleines Kätzchen und ein Zettel auf dem stand: "Bitte nehmen sie dieses Kätzchen an, sonst soll ich es einschläfern lassen. Danke". Es war eine Kinderschrift. Wir wussten aber nicht, ob Jomo ein fremdes Kätzchen säugen würde. In der Regel machen Katzen das nicht. Vorsichtig legten wir das Kätzchen neben Jomos letztem verbliebenen Kätzchen in den Korb. Ich beobachtete das ganze Ereignis still und gespannt. Jomo kam zurück und schnüffelte die beiden Kätzchen skeptisch an, aber dann ging sie in den Korb und säugte beide. Alle waren erleichtert. Jomo bekam extra Leckerbissen. Diese beide Kätzchen blieben dann zu Hause. Ich und die beiden Kätzchen waren sogar befreundet. Besonders mein dickes, warmes Fell mochten die beiden im Winter gern.

Nur Jomo tat so was nicht. Sie blieb gegenüber mir stets arrogant und abweisend.

Einmal hatten wir einen Besuch mit einem großen Schäfer-Mischlingshund. Als wir uns begegneten, attackierte er mich aus heiterem Himmel. Schnell packte er mich unter seine langen Beine, knurrte und zeigte seine scharfen Zähne. Ich hatte keine Chance zu entkommen. Ich heulte traurig unter seinen Beinen. Ich dachte, dass er meine Kehle beißen würde. Da geschah etwas Unglaubliches, Jomo kam mir zu Hilfe. Sie sprang laut schreiend auf den Rücken des großen Hundes, hielt sich fest mit ihren Pfoten-Krallen und kratzte seinen Rücken mit dem Hinterbein mehrmals. Der große Hund war erschrocken und heulend vor Schmerzen rannte er weg. Wir alle waren sprachlos, was gerade geschah. Als Jomo aufgeregt zurück kam, waren ihre Buckelhaare immer noch hoch. Vor allem, Jomo war nie meine Freundin gewesen. Seitdem hatte ich aber vor Jomo großen Respekt. Sie war eine Katzendame. Wir waren eine große Familie. Eine Katze, die den Hund aus der Not mutig rettete; diese Geschichte wussten einige Tage später sämtliche Dorfbewohner. Jomo war nun eine berühmte Katze im Dorf geworden. Jomo starb im Schlaf in ihrem Korb im Alter von 14 Jahren.

Ein paar rote Lederschuhe

Am Anfang eines Sommers bekam mein kleines Mädchen ein paar rote Lederschuhe. Ich habe gemerkt, dass diese Schuhe ihr sehr gut gefielen. Sie wollte keine Turnschuhe zum Spielen tragen. Wir gingen nach draußen, auf einmal standen wir vor einem kleinen Bach. Das Wasser war nicht tief. Man konnte die Steine und sich sanft bewegende Wasserpflanzen sehen. Wir wollten eigentlich einen Schmetterling fangen. Ich trug eine dünne Bambusstange mit einem weißen Netz an der Spitze. Mein kleines Mädchen rannte hin und her nach den Schmetterlingen, die sich wiederum einfach nicht fangen ließen. Bevor ich sie warnen konnte, stand mein kleines Mädchen begeistert mitten im Wasser und zwar mit den nagelneuen roten Lederschuhen. „Wuff, Wuff", immerhin machte ich sie aufmerksam, aber zu spät! „Wir erforschen diesen Bach weiter. Die Schuhe sind sowieso schon nass", meinte sie. Es war tatsächlich ein sehr schöner Bach gewesen. Entlang des Baches blühten verschiedene Blumen und auch viele kleine Fische schwammen im Wasser. Wir kamen tropfnass nach Hause. Ihre Mutter lachte „ach ich müsste meine Tochter doch besser kennen". Die schönen roten Lederschuhe konnte mein kleines Mädchen nie wieder tragen.

Dorfhunde

Ich war für lange Zeit ein Rudelführer unter den Dorfhunden. Selten gab es Streit unter uns. Jedoch eines Tages fingen zwei Hunde an zu streiten. Gegenseitig zeigten sie sich ihre scharfen Eckzähne und knurrten drohend. Jeden Moment hätte ein beißender Kampf beginnen können. Es war meine Aufgabe als Rudelführer die beiden Hunde auseinander zu treiben. Ich steckte meine Schnauze zwischen die beiden Hunde und knurrte nach links und nach rechts. Sie machten keinen Widerstand, so gingen sie auseinander. Die Mutter meines kleinen Mädchens beobachtete das vom Küchenfenster. Beim Abendessen erzählte sie allen, wie vernünftig unser Poko-Chin ist.

Im Sommer verletzte sich einer von uns. Eine weiße Hündin „Shiro", das heißt weiß. Sie sprang über eine Feldmaschine mit scharfen Messern, dabei schnitt sie ihren Bauch. Sie blutete stark. Bei ihr war niemand zu Hause. Sie versteckte sich hinter dem Haus im Schatten und leckte die Wunde selbst ab. Aber das reichte lange nicht um ihr Leben zu retten. Ich rannte zu meinem kleinen Mädchen und ihrem Bruder, bellte laut und heftig. Sie merkten, dass etwas mit mir nicht stimmte, dann sahen sie unsere Shiro. Die arme Shiro hatte Fieber, denn ihre Nase war ganz trocken. Innerhalb kurzer Zeit legten Fliegen Eier in die Wunde. Mein kleines Mädchen und ihr Bruder versuchten nun alles um sie zu retten. Sie beseitigten alle Fliegeneier mit einer Pinzette, desinfizierten die Wunde und legten einen dicken Salbenverband darüber. Ohne Zweifel waren die Wundschmerzen sehr groß. Shiro verstand wohl, dass sie ohne Menschenhilfe nicht überleben würde. Tagelang konnte sie nur Wasser trinken. Mein kleines Mädchen gab ihr Milch, Eis, auch Eier. Shiro überlebte diesen Unfall. Lange danach konnte man sehen wie groß die Wunde war. Seitdem besuchte Shiro uns immer wieder.

Zu kurzer Haarschnitt und eine Ziege

Als ihre Mutter zum Arzt musste, weinte mein kleines Mädchen. Sie hatte einfach Angst, dass ihre Mutter wieder lange im Krankenhaus bleiben müsse. Sie schluchzte „ich will zu meiner Mutter". Als mein kleines Mädchen weinte, setzte ich mich neben sie und heulte mit wie ein Wolf. Ihre größere Schwester versuchte sie abzulenken, erzählte ihr lustige Geschichten und spielte mit ihr. Auf einmal sagte ihre Schwester „ich finde deine Haare vor den Augen sind zu lang. Lass sie uns kürzer schneiden. Ich kann es ganz gut". Für mein kleines Mädchen war das ein ganz neues Angebot. Sie gab sofort zu. „Ja, wir schneiden die Haare". Ihre Schwester fing an zu schneiden: „Du musst ruhig bleiben". Mein kleines Mädchen weinte nicht mehr. Nach einer Weile sagte ihre Schwester „du warst nicht ganz ruhig, es ist etwas schief geworden. Das ist aber weiterhin kein Problem". Nun schnitt sie die längere Seite. Mal links, mal rechts. „Wir sind fertig", dann zeigte sie ihr den Spiegel. Ich wusste schon, dass mein kleines Mädchen bald noch lauter weinen würde. So ist es geschehen. Als ihre Mutter zurück kam, sah sie ihre Tochter mit einer vollkommen freien Stirn. Sie brachte ihre Tochter zum einzigen Frisör im Dorf um einigermaßen die Haare in Ordnung bringen zu lassen. Mein kleines Mädchen schluchzte weiter. Da fing der Frisör an über seine Ziege zu sprechen, die zwei Babies bekommen hatte. Er wollte eines davon abgeben. Mein kleines Mädchen schien plötzlich ihre Haarprobleme vergessen zu haben. Sie bettelte ihre Mutter an, ein Ziegenbaby mitnehmen zu dürfen. Für den Frisör war dies natürlich sehr willkommen.

Schon begleitete uns ein Zicklein nach Hause. Schließlich war Schweinchen Hana`s Stall noch leer. Selbstverständlich bekam das Zicklein einen Namen, "Ringo", das heißt Apfel. Ich musste den Aufpasser spielen. Alle haben aber gemerkt, dass Ringo mein kleines Mädchen gemocht hat, genauso wie seinerzeit Haná.

Eine falsche Anschuldigung

Eines Tages hatten wir einen Besuch, eine Frau mit einem kleinen Jungen. Der Junge konnte nicht lange ruhig sitzen bleiben als sich die Erwachsenen unterhielten. Er kam zu mir, zupfte meine Ohren. Ich ging von ihm weg. Der Junge folgte mir und steckte seine Finger in mein Ohr. Das war für mich äußerst unangenehm, ich schüttelte meinen Kopf reflektorisch, dabei strich mein Eckzahn leicht an seiner Wange vorbei. Der Junge schrie laut. An seiner Wange war ein roter Streifen zu sehen. Nun beschuldigte mich seine Mutter, dass ich den Jungen gebissen hätte. Sie würde uns so lange nicht mehr besuchen, bis der bissige Hund beseitigt wäre. Ich wusste nicht, wie wichtig diese Frau für unsere Familie war. Einige Tage später kam ein Bauer vorbei, steckte mich in einen Korb und fuhr mit dem Motorrad weit weg. Nach langer Zeit kamen wir bei seinem Bauernhof an. Erst wurde ich an die Leine gebunden, bekam dann etwas Futter und Wasser. Ich knurrte, sobald der Bauer mir zu nahe kam. Ich trank wochenlang nur Wasser. Ich stellte auch fest, dass das Seil so dick war, dass ich es nicht einfach wegreißen konnte. Mein Gefühl war unbeschreiblich. Ich saß verzweifelt vor dem Bauernhof. Ich dachte an mein kleines Mädchen, hoffte auch, dass sie mich wieder zurückholen würde. Die Bauernfamilie bemühte sich sehr mich zahm zu bekommen. Das Futter roch sehr lecker, doch ich fraß kein bisschen davon. Nach zwei Wochen peitschten sie mich. Sie dachten, ich würde nachgeben. An diesem Tag entschloss ich mich zu fliehen und zu meinem kleinen Mädchen zurückzukehren. Nachts fing ich an das dicke Seil zu zerbeißen. Es dauerte die ganze Nacht, bis ich mich endlich befreien konnte. Ich rannte und rannte, bis ich nicht mehr konnte. Ich war hungrig und kraftlos, auch war ich schon ziemlich abgemagert. Mein Fell hatte niemand gekämmt. Ich musste die Richtung bestimmen, wohin ich laufen sollte. Ich fraß nur gelegentlich, trank auch schmutziges Wasser. Unterwegs begegnete ich einer Gruppe junger Leute, die gerade beim Essen waren. Sie machten einen Ausflug. Mein kleines Mädchen hatte mich gelehrt, immer wenn ich etwas Besonders zum Fressen haben möchte, soll ich mich auf die hinteren Beine sitzen und die Pfoten vor die Brust halten. So ging ich zu dieser Gruppe hin, machte diese Figur. Alle waren darüber überrascht, aber ich bekam etwas zum Fressen und alle streichelten den ungewöhnlichen fremden Hund. Ich blieb eine Weile bei ihnen, aber dann musste ich weiter. Ich wedelte mit meinem Schwanz zum Dank und zum Abschied.

Es dauerte drei Monate, bis ich wieder das Haus meines kleinen Mädchens gefunden hatte. Es war noch Vormittag als ich ankam und ich wusste, dass mein kleines Mädchen noch in der Schule war. Ich versteckte mich hinter dem Nachbarhaus. Der Nachbar sah mich und berichtete bereits davon, dass ich wieder da sei. Großmutter und die anderen Familienmitglieder waren sehr überrascht und riefen „Poko-Chin!", aber ich traute keinem. Ich wartete bis mein kleines Mädchen aus der Schule zurückkam. Nachmittags hörte ich ihre Stimme. Ich sprang zu ihr, steckte meine Schnauze in ihren Arm und heulte aus Freude, aber schluchzte auch aus tiefstem Herzen. Mein kleines Mädchen weinte, auch sämtliche Familienmitglieder hatten Tränen in den Augen. Die Mutter, die damals mit dem Jungen zu Besuch war, entschuldigte sich bei mir: „Mein Junge hat zugegeben, dass er seinen Finger in dein Ohr gesteckt hat".

Diese qualvolle Zeit machte meinen Kinnbart ganz weiß. Wir hatten danach eine lange friedliche Zeit bis auf Kleinigkeiten wie beispielsweise, wenn sie vergaß mich zu grüßen bevor sie ins Haus ging, obwohl ich ihr freundlich entgegenkam. Ich war beleidigt. Als sie wieder aus dem Haus herauskam, ignorierte ich sie so lange, bis sie sich bei mir entschuldigt hatte. Ich gab ihr dann ein Friedenszeichen. Ich wedelte mit meinem schönen Schwanz. Alle lachten uns zu, weil wir uns so gut verständigen konnten.

Alle Obstkerne

Der Herbst war bereits kalt. Ich bekam dann allmählich das Winterfell. Mein kleines Mädchen sammelte Ginkoblätter, die schön gelb gefärbt waren. Sie bastelte an einem Nussmännchen. Ihre Mutter strickte viele Handschuhe und Socken für mein kleines Mädchen für den kommenden Winter. Ihre Familie kaufte große Mengen von verschiedenem Obst ein. Mein kleines Mädchen sammelte begeistert die Obstkerne. Sie steckte alle irgendwo im Garten in die Erde. Meistens wusste sie nicht mehr, welchen Obstkern sie wo gepflanzt hatte. Viele sind auch eingegangen, denn das Wetter in Norden war nicht besonders dafür geeignet. Einmal trieb unerwartet ein Khaki-Fruchtkern aus. Diese Früchte kommen aus dem Süden. Unter dem Stachelbeerbaum war er wahrscheinlich gut geschützt. Großmutter erzählte meinem kleinen Mädchen, dass er in der Regel nach ungefähr acht Jahren als großer Baum die ersten Früchte tragen sollte. Mein kleines Mädchen sagte mir jedes Jahr „Poko-Chin noch fünf Jahre, noch drei Jahre" und so weiter. Nach acht Jahren war der Baum ungefähr 40 cm groß und ohne Früchte.

Ein Märchenbuch

Mein kleines Mädchen brachte ein Märchenbuch nach Hause. Ihr Bruder sagte zu meinem kleinen Mädchen „du sollst das lesen, bis du es fließend kannst". Niemand hatte aber so viel Zeit und Geduld, sich dies anzuhören. Nun, mein kleines Mädchen hatte sich aber entschlossen das Buch jemandem vorzulesen, nämlich mir! Wir gingen zu einer Wiese und sie las das Buch wiederholt, aber nicht ganz fließend. Aller Anfang ist schwer. Es war ein altes Märchen.

„Die Prinzessin Kaguya":

Es war einmal ein alter Mann, der jeden Tag Bambus erntete. Er machte daraus schöne Körbe, verkaufte sie in der Stadt. Eines Tages ging er wieder in den Bambuswald. Er sah einen Bambus, der am Ende etwas glänzte. Er wurde neugierig, schnitt den Bambus auf. Bambusblätter geben beim Fallen ein lautes Geräusch von sich. Da sah er, dass in dem riesigen Bambus ein kleines Mädchen saß. Die gesamte Umgebung glänzte hell. „Was für ein merkwürdiges Ereignis", der alte Mann vergaß all seine Arbeiten. Er nahm das Mädchen mit nach Hause zu seiner Frau. Sie sagte „was für ein schönes Mädchen. Wir müssen auf das Mädchen gut aufpassen und es großziehen". Es war eine große Freude für den Mann und seine Frau. Das Kind wuchs sehr schnell. Nach einem halben Jahr war sie bereits eine wunderschöne Prinzessin geworden. Das war aber nicht alles, jedes Mal als der alte Mann in den Wald ging und Bambus schnitt, fand er viel Geld. Also bauten sie eine Villa und lebten weiter glücklich. Diese Geschichte verbreitete sich schnell im Dorf und bis in die ferne Stadt. „Es gibt eine Prinzessin schöner als die schönsten Blumen. Ihre Haare sind länger als ihre Körpergröße. Sie heißt Prinzessin Kaguya".

Viele Menschen wollten diese schöne Prinzessin sehen, darunter viele reiche und berühmte Prinzen. Sie bettelten den alten Mann und seine Frau an um die Prinzessin sehen zu dürfen. Aber die Prinzessin wollte keine fremden Menschen sehen. Sie zog sich zurück ins hinterste Zimmer, kämmte ihre langen Haare stundenlang. Viele Leute hatten schon aufgegeben. Fünf Prinzen aber, die alle jung und mächtig waren, wollten unbedingt die Prinzessin sehen. Einer musizierte, andere sangen außerhalb der hohen Mauer der Villa. Der alte Mann und seine Frau bemitleideten diese fünf Prinzen und baten die Prinzessin „bitte versuche doch wenigstens einmal nur kurz sie zu empfangen". Schließlich gab die Prinzessin nach und sagte „aber ich möchte alle nur kurz sehen". Nun, alle Prinzen wollten sie heiraten. Der alte Mann und seine Frau waren sehr besorgt, warum *sie* keinen heiraten wollte. Die fünf Prinzen spazierten Tag und Nacht an der Mauer der Villa entlang. Die Prinzessin sagte dann „gut ich werde *den* Prinzen heiraten, der mir als erster, den gewünschten seltenen Schatz überreichen kann". Alle Prinzen waren sehr aufgeregt und hörten aufmerksam zu. Die Prinzessin sagte „ganz rechts, für sie habe ich eine Aufgabe. Bitte bringen sie mir einen Topf aus Steinen, der von Buddha benutzt wurde. Es gibt ihn aber nur in Indien".

Zum zweiten Prinzen sagte sie: „ Bitte bringen sie mir

einen Baum aus Gold, welcher weiße Kugeln trägt. Es gibt diesen aber nur auf der Insel im Osten weit draußen im Meer".

Zum dritten Prinzen: „Bitte bringen sie mir ein Kleid aus Leder von der Feuermaus. Es gibt dieses aber nur in China".

Zum vierten Prinzen: „Bitte bringen sie mir eine fünffarbige Kugel. Diese hängt aber nur an einem Drachenhals".

Zum fünften Prinzen: „Bitte bringen Sie mir eine seltene Muschel, die nur von Schwalben produziert wird."

„Wer als erster mir den gewünschten Schatz gebracht hat, den werde ich heiraten". Alle fünf Prinzen eilten in verschiedene Richtungen. Schließlich wollte jeder der Erste sein.Der erste Prinz dachte, nach Indien verreisen und den Steintopf suchen? Da werde ich nicht mehr der Erste sein, der zur Prinzessin zurückkommt. Er ging in die Berge und fand einen alten Steintopf in einem Tempel. Er umwickelte den Steintopf mit einem schönen Stoff und brachte ihn als der Erster zur Prinzessin. Nun begutachtete die Prinzessin den Topf und sagte „es ist merkwürdig, er glänzt nicht. Das heißt, es ist ein gewöhnlicher alter Steintopf". Der erste Prinz verschwand so schnell wie er konnte.

Der zweite Prinz gab den Auftrag an sechs Handwerker. Es dauerte zwei Jahre bis der gewünschte Baum endlich fertig war. Der Prinz brachte den Baum ganz feierlich zur Prinzessin. Der Baum sah so schön und echt aus. Die Prinzessin dachte beinahe, dass sie diesen Prinz nun heiraten muss. Wortlos betrachtete sie den Baum. Plötzlich hörte sie die sechs Handwerker draußen vor der Villa schreien. „Bitte zahlen sie uns für die Arbeit. Wir haben zwei Jahre lang für den Baum gearbeitet". Der zweite Prinz verschwand so schnell wie er konnte.

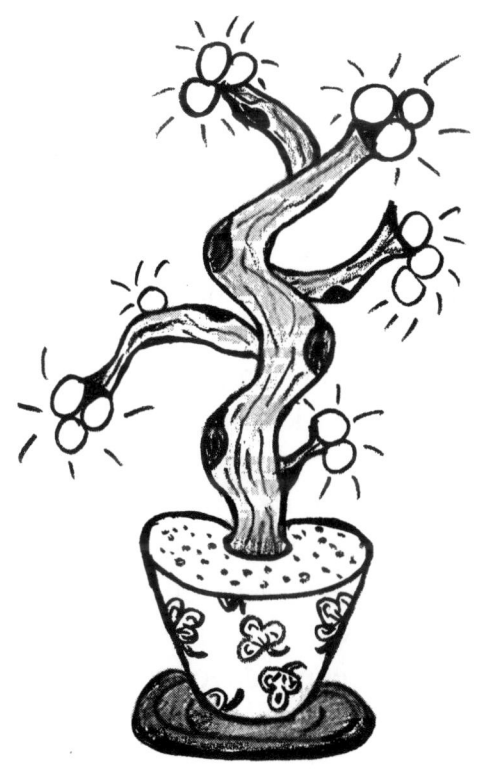

Der dritte Prinz hatte sehr viel Geld. Er schickte seinen Diener in den Süden wo viele Leute aus China wohnten. Drei Jahre später erhielte der Prinz einen Brief von seinem Diener. Er bräuchte noch viel mehr Geld um so ein seltenes Kleid zu kaufen. Der Prinz versandte eine Menge Geld zu seinem Diener. Endlich bekam er ein Kleid. Es war so blau wie der Himmel und lag in einer Kiste, die mit Juwelen geschmückt war. Der Prinz brachte dies sofort zur Prinzessin. „Ich fand das Kleid aus Feuermausleder. Es verbrennt nicht". Die Prinzessin sagte in aller Ruhe: „Wollen wir testen, ob es echt ist" und warf das Kleid ins Feuer. Das Kleid war in kürzester Zeit zu Asche geworden. Sie sagte "also kein echtes Kleid aus Feuermausleder". Der dritte Prinz verschwand mit hängendem Kopf.

Der vierte Prinz dachte, die Aufgabe ist für mich kein Problem. Der Drache sollte aus dem Meer in den Himmel steigen. Der Prinz fuhr mit dem Schiff weit auf das Meer hinaus. Den großen Bogen und Pfeile hatte er auch dabei. Da kam aber ein starker Sturm, das Schiff schaukelte kräftig und konnte in jedem Moment versinken. Er schrie aus Angst „verzeih mir großer Drache, ich will keine Kugel mehr. Bitte rette mein Leben". Der Sturm dauerte drei Tage und Nächte und ging einher mit schwarzen Wolken und Donnergeroll. Als der Sturm endlich vorbei war, war er froh, dass er wenigstens mit dem Leben davongekommen war. Er kam nie wieder zur Prinzessin.

Der fünfte Prinz beauftragte 20 Diener das Schwalbennest zu überwachen. Er war fest überzeugt, dass die Schwalben mit den Eiern die gewünschte Muschel ins Nest legen würden. Als es soweit war, ließ er sich mit dem Seil hochziehen. Voller Freude rief er „ich habe es, lasst mich schnell wieder runter". Dabei riss das Seil auseinander. Er stürzte auf den Boden und konnte nicht mehr aufstehen. In seiner Hand hielt er das Schwalbennest. Er wurde von seinen Dienern ins Haus getragen.

Alle fünf Prinzen kamen nie wieder zur Prinzessin.

Seitdem die Prinzessin bei dem alten Mann und seiner Frau wohnte, vergingen vier Jahre. Es wurde Herbst. Jede Nacht konnte der alte Mann den Mond sehen. Die Prinzessin sah auch zum Mond auf, der jeden Tag zunahm und weinte. Der alte Mann und seine Frau fragten sie warum sie denn weint und sie erwiderte: „Ich bin eine Prinzessin vom Mond. Wenn Vollmond ist, muss ich wieder in den Himmel und zum Mondschloss zurückkehren. Ich weine deshalb, weil ich euch nun verlassen muss". Alle drei weinten lange. Der alte Mann stand auf und sagte: „Ich werde den Kaiser bitten, dich zu schützen, damit du bei uns bleiben kannst." Von der schönen Prinzessin hatte inzwischen auch der Kaiser gehört. Der Kaiser schickte zweitausend Soldaten. Eintausend Soldaten kletterten auf das Dach der Villa, die restlichen Eintausend auf die Mauer. Alle waren mit Pfeil und Bogen oder mit dem Schwert bewaffnet. Im hintersten Zimmer hielten der alte Mann und seine Frau die Prinzessin fest an ihrem Kleid.

Es wurde dunkel, langsam stieg der wunderschöne Mond auf. Der Himmel wurde so hell wie der Tag. Mit dem Klang der Musik kamen hundert Himmelsdienerinnen, die alle auf den Wolken standen. In der Mitte war eine fliegende Kutsche. Da sprach eine Himmelsdienerin zur Prinzessin „bitte steigen sie ein". In nächsten Moment schwebte die Prinzessin in die Luft, bekam ein Himmelskleid und stieg in die Kutsche. Alle Soldaten waren während der ganzen Zeit geblendet und waren wie versteinert. Sie konnten weder sehen noch sich bewegen. Prinzessin Kaguya verabschiedete sich von dem alten Mann und seiner Frau. „Lebwohl meine Lieben" - die Stimme der schönen Prinzessin wurde immer ferner, langsam verschwanden die Wolken mit ihr in den Himmel hoch. Der alte Mann und seine Frau weinten und rannten, bis sie die Kutsche nicht mehr sehen konnten. Die zweitausend Soldarten wurden langsam wach und versuchten zu kämpfen, aber vergeblich. Der Mond schien hell am Himmel und Prinzessin Kaguya war nirgendwo mehr zu sehen.

Diese Geschichte las mir mein kleines Mädchen immer wieder vor. Am Ende des Monats konnte sie diese dann fließend lesen. Nicht nur diese Geschichte, sondern auch die restlichen drei Geschichten waren nun für sie nicht mehr so schwer zu lesen. Ich saß neben meinem kleinen Mädchen und hörte die ganze Zeit zu. Für meine Geduld kaufte sie mir einen Eisbecher als Belohnung. Ich mochte einfach mein kleines Mädchen. Ich war für sie mehr als ein Hund. Eines Tages schrieb sie eine kurze Geschichte über die Wolken, die sie vor dem Schulmikrofon vorlesen durfte. Alle Schüler hörten ihr aufmerksam zu.

Unser Geheimnis

Während der relativ kurzen Sommerferien wollten die Dorfkinder ein spannendes Spiel ausprobieren. So dachten sie an eine Mutprobe. Auf einen kleinen Berg, ganz oben, stand ein einsamer alter Shinto-Schrein, umgeben von großen alten Bäumen. Es führten ungefähr 300 Steiltreppen hoch zu dem Schrein. Es gab keine Beleuchtung für den Weg. Jeder sollte alleine gehen und seinen Namen auf einem Stück Papier eintragen.

Die kleinen Mädchen durften zu zweit gehen. Außerdem war für jeden eine kleine Kerzenlaterne erlaubt, der Sicherheit wegen. Das sich langsam bewegende Kerzenlicht machte aber das Ganze noch unheimlicher. Mein kleines Mädchen wollte aber alleine gehen. Ich dachte es ist ausgeschlossen. Im Dunkeln hatte sie sogar zu Hause Angst, so dass sie nicht alleine zur Toilette gehen konnte. Ich spielte so eine Art Kindermädchen für sie.

Bevor sie startete brachte mein kleines Mädchen mich hinter ein Haus, wo die Kinder mich nicht sehen konnten und sagte zu mir: „Bleib so lange sitzen, bis ich wieder vorbeikomme". So blieb ich sitzen.

Mein kleines Mädchen kam dann mit einer kleinen Laterne. Leise sagte sie zu mir „komm jetzt". Ich richtete mich still auf und begleitete sie dicht daneben, bis wir oben ankamen. Als wir wieder unten waren, sagte sie zu den erstaunten Kindern: „Ich habe keine Angst gehabt, den Weg kenne ich ja gut". Ich sah mein kleines Mädchen grimmig an und wedelte nur langsam mit meinem Schwanz. Ich dachte, „ist ja gut mein kleines Mädchen, das wird unser Geheimnis bleiben".

Am nächsten Tag kaufte mir mein kleines Mädchen, ohne ein Wort zu sagen, eine extra Portion Eis.

Großmutters Kanarienvogel

Großmutter hatte einen kleinen gelben Vogel im Käfig, der sehr gut singen konnte. Mein kleines Mädchen sagte zu mir: „Das ist ein Kanarienvogel. Nur weil die so gut singen können, mögen die Menschen sie gern." Nun mein kleines Mädchen verstand ihre Großmutter nicht, warum dieser Vogel im Käfig glücklich sein sollte. Denn mein kleines Mädchen musste sogar die Glühwürmchen frei lassen, die sie mühsam am Bach gesammelt hatte.

Mein kleines Mädchen machte ab und zu die Käfigtüre auf. Zum Glück waren alle Fenster im Zimmer zu. Nach einer Weile kehrte dieser Vogel ganz freiwillig wieder in den Käfig zurück. Mein kleines Mädchen begründete dieses Verhalten damit, dass sich der Vogel wahrscheinlich im Käfig wie zu Hause fühlt. „Wenn es so ist, nun gut", meinte mein kleines Mädchen.

Eines Tages als die Großmutter vom Einkaufen zurückkam, war die Käfigtür offen und der Kanarienvogel war nicht mehr zu sehen. Großmutter fand neben dem Käfig nur einen Vogelfuß mit einem Ring. Niemand hatte gesehen, *welche* Katze den Vogel gefressen hat.

Als die Großmutter wieder einen Kanarienvogel bekam, versuchte mein kleines Mädchen nie wieder die Käfigtür aufzumachen.

Der Winter-Spaß

Es wurde Winter. An manchen Tagen gab es nichts Schöneres als die großen, endlos fallenden Schneeflöckchen zu sehen. Besonders nachts saßen wir zwei auf einem warmen Kissen am Fensterplatz, bis wir müde und schläfrig wurden. Am nächsten Tag weckte ich mein kleines Mädchen auf. Natürlich auf meine Art und Weise. Auf das Bett springen, ihr Gesicht abschlecken und ein paar mal zusätzlich bellen. Allerdings zeigte diese Methode immer eine unerwünschte Nebenwirkung. Ihre beiden länger schlafenden Geschwister wurden aufgeweckt, obwohl das nicht meine Absicht war. Ihre Mutter fand es aber gut. Ich wurde jeden Sonntag von ihr mit dicken Leckerbissen belohnt, weil ich ihre Arbeit erledigt hatte. „Ein braver Hund" sagte sie zu mir. Ich war stolz. Ich wedelte mit meinem Schwanz besonders großzügig.

Die meisten Menschen waren froh, wenn sie im warmem Zimmer bleiben konnten. Wir hatten aber draußen ganz anderen Spaß. Eines Tages erzählte mir mein kleines Mädchen von einem alten Mann, der einen ganz dicken Bauch und einen weißen Bart hat. Er bringt allen Kindern dieser Welt Geschenke. Das war der Weihnachtsmann. Er kommt bekanntlich mit einem Rentierschlitten. Sie malte ein Tier mit einem großen Geweih.

Es hätte genauso gut eine Katze oder ein Hund sein können, aber es hatte ein Geweih. Wir spielten Weihnachtsmann mit Rentier, solange bis es langsam dunkel wurde. Wir waren müde. Die Lichter der Fenster von den anderen Häusern waren rund, länglich oder eckig. Der Rauch von den Kaminen und der Duft von Essen war zu riechen und wir eilten voller Erwartung auf die Wärme und die anderen Familienmitglieder, die auf uns warteten, nach Hause. Mein kleines Mädchen wäre beinahe beim Essen eingeschlafen. Die Großmutter hatte schon eine Wärmflasche ins Bett gelegt.

Die Schlittenfahrt mit den Skier

Mein kleines Mädchen bekam ein paar kleine Skier mit Skistöcken. Sie konnte noch nicht Skifahren. Ihr Bruder hatte aber eine gute Idee. Er sagte „wir nageln deine Skier unter den Schlitten. Wir können damit viel schneller den Hügel heruntersausen". Mein kleines Mädchen überlegte kurz und antwortete „ das ist eine gute Idee". Schließlich hatte der vier Jahre ältere Bruder meistens gute Ideen. Sie gingen auf die höchste Stelle des Hügels. Beide saßen auf dem Schlitten und dann ging es los, schnell war es. Aber dann kam eine kleine Erhebung. „Peng" machte es. Die neuen Skier waren in der Mitte gebrochen. Mein kleines Mädchen weinte. Ihr Bruder überlegte wie er seine kleine Schwester beruhigen konnte. „Ach, du kannst sowieso noch nicht Skifahren. Wenn du größer bist, bekommst du meine Skier". Mein kleines Mädchen lernte danach niemals Skifahren.

Es gibt immer eine Lösung

Ich sollte nachts als Wachhund dienen. Ein kleines Häuschen seitlich vor dem Haus wurde deswegen für mich angefertigt. Ich dachte aber nicht daran, dass ich alleine die ganze Nacht sitzen bleiben sollte. Vor allem, wer passt auf mein kleines Mädchen auf, falls sie nachts den langen Korridor zur Toilette gehen muss. Sie hatte Angst. Ich habe sie doch immer begleitet. Ich war beleidigt, nicht zu den normalen Familienmitgliedern zu gehören. Ich bin doch kein wildes Tier. Nachts jaulte ich vor der Tür traurig bis die Tür aufging. Es war erwartungsgemäß mein kleines Mädchen und ihr Bruder.

Ich musste leise durch die Küche gehen, dabei machten wir tippende Geräusche auf dem Parkettboden. Das waren meine Krallen „klick, klack". Erschrocken sagten beide zu mir „ps!". Ich zuckte zusammen und blieb stehen. Mein kleines Mädchen machte mir vor, wie ich langsam und leise gehen soll. Ich habe mir wirklich große Mühe gegeben, aber es waren immer noch Geräusche da. Als wir endlich den Küchenboden überquert hatten, waren wir alle drei froh, dass die Großmutter nicht wach geworden war. Vom nächsten Tag an trug mich mein kleines Mädchen durch die Küche. Sie sagte zu mir „ es gibt immer eine Lösung". Das war ein Spruch von der Großmutter.

Hasenjagd

Ihr Bruder wollte ein paar Hasen haben. Bis jetzt durfte nur mein kleines Mädchen Tiere halten. Er bastelte extra einen Käfig dafür. Der Käfigboden war nicht aus Holz, sondern aus dickem Stroh. Für die Hasen war es kein Problem in den Boden einen tiefen Tunnel zu graben. Sie flohen nach draußen. Es gab eine große Aufregung. Mein kleines Mädchen und ihr Bruder rannten hinter den Hasen her, doch Menschen sind nicht so flink wie Tiere. Mein kleines Mädchen schrie „Poko-Chin schnell fange die Hasen ein, aber nicht verletzen". Ich verstand was sie gemeint hatte und hielt die Hasen leicht im Maul fest, bis ihr Bruder kam. „O Poko-Chin, das hast du toll gemacht, ich danke dir". Ich bekam einen dicken Knochen zum Beißen, aber ich habe ihn in die Erde gegraben, für eine spätere Mahlzeit. Ich wusste nicht, dass man davon eine Lebensmittelvergiftung bekommen konnte. Wahrscheinlich hat mein kleines Mädchen den Knochen wieder weggenommen. Ich fand ihn nicht mehr.

Die frechen Gänse

Als mein kleines Mädchen zu einer höheren Schule kam, musste sie immer an einem bestimmten Haus vorbeigehen. Diese Familie hatte fünf weiße Gänse.

Mein kleines Mädchen hatte vor diesen fünf Gänsen große Angst. Immer als sie an diesem Haus vorbeiging, zischten die Gänse mit tief hängendem und vorgestrecktem Hals.

Drohend watschelten sie ganz langsam auf mein kleines Mädchen zu. „Poko-Chin, komm hilf mir" schrie sie. Ich eilte hin und bellte kräftig. Die Gänse waren zwar nicht sehr beeindruckt, aber mein kleines Mädchen konnte schnell vorbeirennen. Sie rief zurück: „Danke Poko-Chin, bis heute Nachmittag".

Zu Hause erzählte mir mein kleines Mädchen schadenfroh, dass diese fünf Gänse als Weihnachtsbraten gegessen werden. Als Weihnachten kam, gab es allerdings keinen Gänsebraten. Mein kleines Mädchen musste sich mit Hähnchen zufrieden geben.

Die Trennung für immer und ewig

Eines Tages geschah etwas, was ich nie begreifen konnte. Mein kleines Mädchen und ihre Familie zogen weit weg ohne mich mitzunehmen. Mich hatten sie an ihre Verwandte abgegeben. Mein kleines Mädchen hatte eine Tante im gleichen Dorf. Ich kannte diese zwar sehr gut, aber *meine* Familie war es für mich nicht. Diese Tante erklärte mir, dass ich jetzt bei ihr wohnen soll. Ohne mein kleines Mädchen war ich nirgendwo zu Hause. Ich ließ mich kurz bei ihrer Tante blicken, wenn ich Hunger hatte. Ich fraß und ging weiter um mein kleines Mädchen zu suchen. Die Wiesen, Flüsse, Hügel, die Schule und der Bahnhof, ich fand mein kleines Mädchen nicht. Ich sah in Gedanken mein kleines Mädchen still weinend mein Fell streicheln. Sie sagte nichts. Das war das letzte mal, dass ich sie gesehen hatte. Ich saß verzweifelt und ratlos vor dem Haus. Plötzlich hörte ich ein Geräusch und ich wusste ganz genau wer das war und was das war. Ihr Bruder mit seinem Motorrad! Meine Freude war überwältigend. Ich bellte so laut ich konnte und wedelte heftig mit meinem Schwanz. Er streichelte mein Fell sanft und sagte zu mir: „Ich kann dich nicht mitnehmen. Unsere Familie ist weit weggezogen. Bitte bleib bei der Tante. Bei ihr bist du gut aufgehoben." Ich konnte das beim besten Willen nicht verstehen. Ich rannte und rannte hinter seinem Motorrad her, das sich immer mehr entfernte. Er hielt noch einmal an und sagte zu mir: „Poko-Chin, du musst uns verzeihen". Er hatte Tränen in den Augen. Ich habe ihn verstanden und ließ ihn alleine wegfahren. Ich saß mitten auf der Straße und heulte lange aus tiefstem Herzen, so wie ich es neben meinem kleinen Mädchen tat, als sie weinte. Ich heulte wie ein Wolf. Ich war fest entschlossen, alleine mein kleines Mädchen zu suchen. Sechs Monate später bekam ich einen leckeren Knochen. Ich habe ihn in der Erde vergraben...

Der Hund Poko-Chin starb einsam und allein im Alter von neun Jahren. Es fing sanft an zu schneien, als die Tante ihn tot auffand. Die Tante schrieb seinem geliebten kleinen Mädchen einen Brief darüber.

Über 20 Jahre später wohnte sein kleines Mädchen im Ausland, sprach ab und zu von ihrem Hund Poko-Chin. Eines Tages träumte sie etwas Ungewöhnliches: Die Wohnungstüre ging plötzlich auf und der Hund Poko-Chin kam zu ihr. Er steckte seine Schnauze in ihren Arm und schluchzte wie ein kleines Kind. Sie wurde hell wach und dachte Poko-Chin hat mich doch gefunden.

Diesmal dauerte ganze 23 Jahre. Es war an einem 14. Januar. Seitdem betet das kleine Mädchen von damals immer an diesem Tag für Poko-Chin nach buddhistischem Brauch. Auch bekommt er immer noch einen Teller mit seiner Lieblingsspeise „Eis-Creme"!!

Ja, das war die Geschichte von „dem Hund Poko-Chin und seinem kleinen Mädchen".

Der Hund Poko-Chin war vermutlich eine Kreuzung von einem Dackel und einem Chow-Chow gewesen. Sein braunes Fell war im Sommer dünn und im Winter so dicht, dass er sogar unter einer Schneedecke schlafen konnte. Seine Pfoten waren so dick wie bei einem großen Hund. Sein Gesicht ähnelte einem Löwen. Er hatte eine Mähne, eben wie ein Löwe. Vor allem aber, sein Charakter war bewundernswert.

Er liebte sein kleines Mädchen von ganzem Herzen.

Die erzählte Geschichte „Prinzessin Kaguya" ist ein altes japanisches Märchen, dessen Ursprung und Verfasser unbekannt sind.

Ich hätte gerne gewusst,
ob der Ginkobaum, seine Blätter,
die Wiese, ihr Löwenzahn,
sich an uns noch erinnern können?

Ich hätte gerne gewusst,
ob die Wolken den Kindern immer noch die gleichen
Geschichten erzählen?

Vielleicht ist die Zeit nur für den Hund Poko-Chin und
sein kleines Mädchen so schnell vergangen.

Das weiß nur der Wind von gestern.